DEUX VRAIS AMIS

Données de catalogage avant publication (Canada)

Leclercq, Béatrice,

Deux vrais amis

(Le Raton Laveur)
Pour enfants de 3 à 8 ans.

ISBN 2-920660-60-8

I. Titre. II. Collection: Raton Laveur (Mont-Royal, Québec).

PS8573.E343D48 2000   jC843'.6   C00-940868-1
PS9573.E343D48 2000
PZ23.L42De 2000

Pour Carl,
Aude et Lisa

Le Conseil des Arts | The Canada Council
du Canada | for the Arts

Modulo Jeunesse remercie
le Conseil des Arts du Canada du soutien
accordé à son programme d'édition dans
le cadre du programme des subventions
globales aux éditeurs.

Cet ouvrage a été publié
avec le soutien de la SODEC.

Nous reconnaissons l'aide financière du gouvernement
du Canada par l'entremise du Programme d'Aide au
Développement de l'Industrie de l'Édition (PADIÉ)
pour nos activités d'édition.

Dépôt légal - 3e trimestre 2000
Bibliothèque nationale du Québec
Bibliothèque nationale du Canada
ISBN 2-920660-**60**-8

© Modulo Jeunesse, 2000
233, av. Dunbar, bureau 300
Mont-Royal (Québec)
Canada H3P 2H4
Téléphone: (514) 738-9818 / 1-888-738-9818
Télécopieur: (514) 738-5838 / 1-888-273-5247

Imprimé au Canada

Deux vrais amis

Béatrice Leclercq

Le Raton Laveur

Sosso est timide.

Il ne parle pas.

Il n'a pas beaucoup d'amis.

En fait, Sosso n'a
qu'un ami: Boudou.

Et Boudou est
parti en vacances.

Dehors, il pleut...

Alors, Sosso s'ennuie.

Soudain, le téléphone sonne.
C'est Boudou! Il est revenu
de vacances.

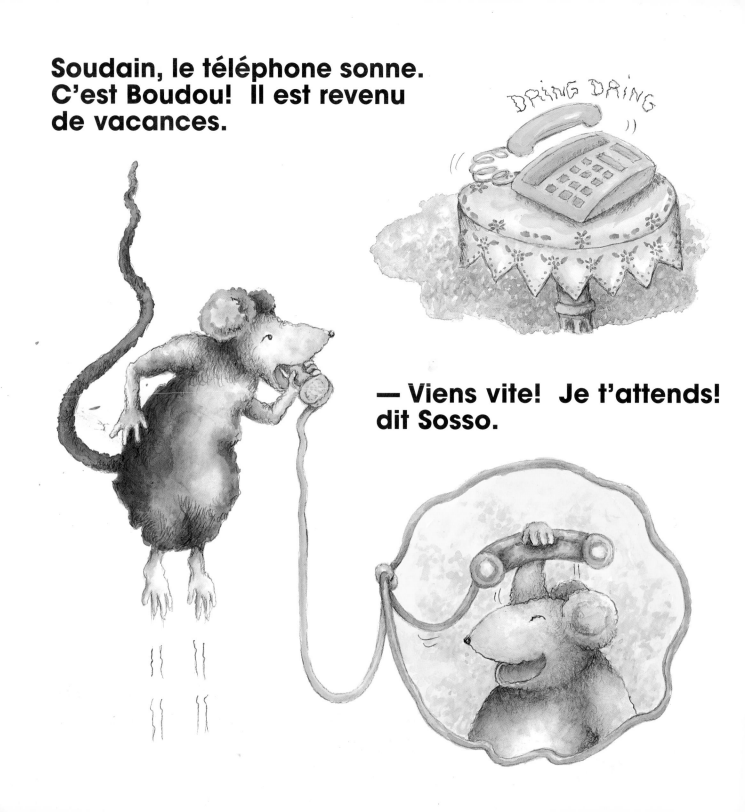

— Viens vite! Je t'attends!
dit Sosso.

Sosso sort tous ses jouets.

— Ah non, dit maman. Pas tout de suite!

En attendant, Sosso prépare une tarte aux pommes pour Boudou.

Boudou n'arrive pas.
C'est long attendre.

Tout d'un coup, on
frappe à la porte.
Voilà Boudou!

Boudou s'est bien amusé pendant ses vacances.

Mais maintenant, c'est tellement bon de se retrouver!

— Je t'ai rapporté quelques souvenirs, dit Boudou.

Sosso et Boudou s'amusent comme des petits fous.

Ils se courent après...

**... et se battent un peu.
Mais juste pour s'amuser.**

**Jusqu'à ce que...
Aïe! Sosso s'est fait mal.**

Sosso pleure. Il saigne.

**— Ce n'est rien, dit maman.
Tu t'es mordu un peu la langue.**

— Si on regardait la télé? suggère Sosso.

**Mais Boudou
n'en a pas envie.**

— Allez viens, Sosso!

**Soudain, Boudou
se sent seul.**

**Il essaie un nouveau jeu.
— Mais comment est-ce
que ça marche?**

**— Je n'entends plus la télé!
crie Sosso.**

Boudou veut rentrer chez lui.

— Reviens, Boudou! Maman, Boudou veut partir! crie Sosso.

— C'est normal, tu ne joues pas avec lui!

— Et si on mangeait la délicieuse tarte
aux pommes que Sosso a préparée?

Finalement, c'était juste une petite dispute.

Un bon goûter redonne des idées.

Sosso et Boudou ne voient pas le temps passer.

La maman de Boudou s'inquiète.

— Un dernier jeu et je rentre, dit Boudou.

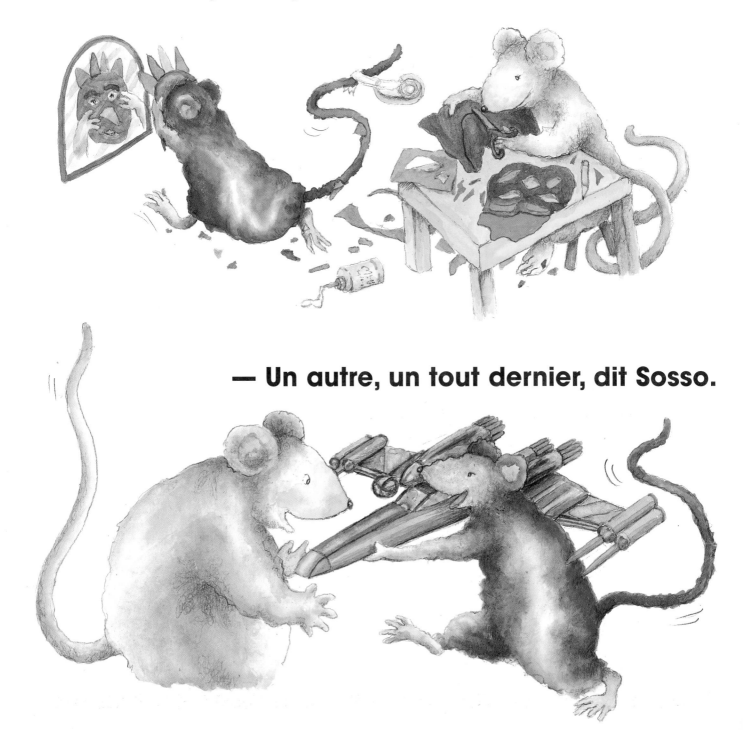

— Un autre, un tout dernier, dit Sosso.

— Je dois y aller, dit Boudou.

**— Bon, dit Sosso,
mais je te raccompagne.**

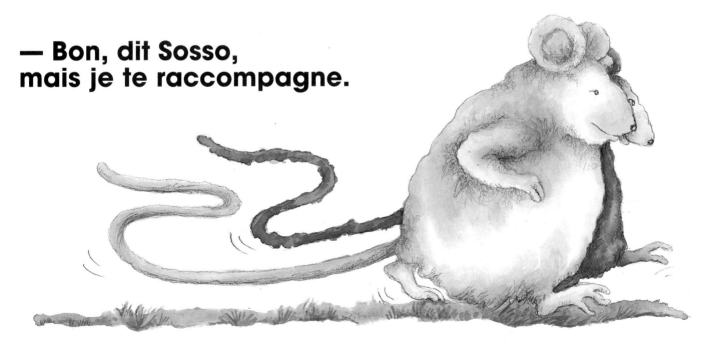

Tous les deux se dirigent vers la maison de Boudou.

Mais Sosso et Boudou ne
veulent pas se quitter.

Boudou raccompagne Sosso.

Et Sosso raccompagne Boudou.

Et...

Les deux amis ont couru, couru, couru...

Sosso est trop fatigué pour rentrer.

— Tu n'as qu'à dormir ici, dit la maman de Boudou.
Je vais prévenir tes parents.

Youpi! Sosso et Boudou vont veiller tard ce soir!

Sosso n'a qu'un ami: Boudou.

Mais ils ne se quitteront jamais!